无敌侦探普雷舍丝

斑马项链

[英] 亚历山大·麦考·史密斯 / 著

[英] 伊恩·麦金托什 / 绘

邹虹 / 译

青岛出版集团 | 青岛出版社

图书在版编目（CIP）数据

斑马项链 / (英) 亚历山大·麦考·史密斯著；(英) 伊恩·麦金托什绘；邹虹译. — 青岛：青岛出版社，2022.11
ISBN 978-7-5736-0505-4

Ⅰ. ①斑… Ⅱ. ①亚… ②伊… ③邹… Ⅲ. ①儿童故事－英国－现代 Ⅳ. ①I561.85

中国版本图书馆CIP数据核字(2022)第187041号

山东省版权局著作权合同登记号　图字：15-2022-144号

WUDI ZHENTAN PULEISHESI:BANMA XIANGLIAN

书　　名	**无敌侦探普雷舍丝：斑马项链**	
著　　者	[英]亚历山大·麦考·史密斯	
绘　　者	[英]伊恩·麦金托什	
译　　者	邹虹	
出版发行	青岛出版社	
社　　址	青岛市崂山区海尔路182号（266061）	
本社网址	http://www.qdpub.com	
邮购电话	0532-68068091	
责任编辑	张佳琳	
美术编辑	于　洁　李兰香	
印　　刷	青岛乐喜力科技发展有限公司	
出版日期	2022年11月第1版　2024年2月第4次印刷	
开　　本	32开（889mm×1194mm）	
印　　张	3	
字　　数	35千	
书　　号	ISBN 978-7-5736-0505-4	
定　　价	28.00元	

编校印装质量、盗版监督服务电话 4006532017　0532-68068050
建议陈列类别：儿童文学

几年前，我在一个名叫博茨瓦纳的国家居住过一段时间。博茨瓦纳是一个非常美丽的非洲国家，也是闻名世界的旅游胜地——自然风光壮美，野生动物多样。那时候我就在想，有机会我一定要写一写这个国家的故事。终于，我的愿望实现了。几年后的一天，我有了灵感，开始写普雷舍丝·兰莫特思威的故事。故事中的普雷舍丝就住在博茨瓦纳，她开了一家"店"。提到开店，你一定以为是小商店之类的吧？其实，她开的是一家侦探事务所。听到这里，你肯定认为她会有很多侦探方面的专业知识吧？实际上，她并没有。不过，她有着很高的从事侦探工作的天赋。那她都侦破了些什么案件呢？是协助警察调查那种大案、要案吗？不是的，她侦破的都是像你我这样的普通人在日常生活中遇到的小案件。不过，这足以使她成为我们的好朋友，不是吗？

亚历山大·麦考·史密斯

目 录

第 一 章

这本书的主人公是一个小姑娘，一个想做侦探的小姑娘。那么，你肯定要问了，侦探是什么啊？嗯，侦探就是负责调查案件的人。侦探会寻找线索，会询问各种问题，会弄清楚一件事到底是谁干的、什么时候干的，会追寻事件的真相。比如，当我们特别想知道某个秘密时，我们就可以请一位侦探帮忙。你看，下面左边照片里的人，就是一位侦探；右边照片

里的人，也是一位侦探，只不过这位侦探有些特别。
你能看出这两位侦探的区别吗？没错，一个是大人，
另一个是……一个小姑娘！好眼力，你看出来了，
说明你也有做侦探的潜质哟！

　　普雷舍丝开始做侦探时只有 9 岁，本书中的这
起案件就是她牵头调查的。

和其他这个年纪的小孩一样，普雷舍丝也是一名小学生，白天去上学，放学后就回家写作业。不过，在课余时间，她愿意帮别人解决问题。她很擅长查找线索、破解谜团，她也喜欢做这个。你明白吗？当你擅长做某件事情的时候，你往往也特别喜欢做。

"我喜欢破案，"普雷舍丝对她的朋友们说，"案情越复杂，就越有意思！"

我们要讲的这个案件就有点复杂。不过，案件的开端非常普通，它发生在一个平平无奇的早上：

普雷舍丝住在非洲的博茨瓦纳，每天要去山顶的学校上学。一到早上，同学们都会在教室外面排好队，听到老师点到自己的名字后再进教室上课。为了方便老师点名，大家排队时会依次报数：第一位同学报 1，接下来是 2、3、4……最后一位同学报 30，因为班里有 30 位同学。但是，这一天早上，最后一位同学报的是 31——原来，班里转来了一位新同学，是个女孩。

"这是我们班的新同学——南希，大家欢迎她！"等孩子们坐好，老师就介绍起她来，"好了，现在我看看让你坐在哪里合适。"

老师扫视了一圈，目光落在普雷舍丝身上。她知道，普雷舍丝是个善良热心的女孩，一定会帮助新同学的。

"坐那边吧！"老师对南希说，"普雷舍丝，你会照顾好新同学，对吗？"

普雷舍丝点点头。她很喜欢这位新同学，因为她的脸上总是挂着友好的微笑。

这就是新同学面带微笑的样子。

一个有这样笑容的

人，一定适合做朋友，普雷舍丝心想。果然，不到十分钟，两个女孩就成了好朋友；半个小时以后，她们就无话不谈了，简直像认识了多年的老朋友一样。

回家后，普雷舍丝就把她和新同学成了好朋友的事告诉了姑姑。

妈妈去世后，普雷舍丝一直和爸爸生活。每当爸爸带着牛外出干活的时候，姑姑就会过来帮忙料理家务。姑姑天性乐观，在普雷舍丝的印象里，她好像从来没有心情不好过，而且姑姑是远近闻名的大厨，她做的饭特别香。

姑姑还懂得刹车和变速箱的工作原理，知道怎么修车——好几位邻居的汽车都是她帮忙修好的。她更懂得怎么和人相处——作为一个善于倾听的人，大家都乐意跟她聊天。

这是姑姑的几张照片：一张是她在做蛋糕，一张是她在修理汽车，还有一张是普雷舍丝正在给姑姑讲学校里转来了新同学的事。在第三张照片中，好像下一秒姑姑就会转过身来问："新同学叫什么名字呀，普雷舍丝？""她叫南希，"普雷舍丝说，"她住在水塔附近，她指给我看过她家的房子。"

姑姑点点头。"我认识那户人家，"她说，"他们是刚搬来的。他们以前住在哪里来着？我好像有印象……哎呀，我想不起来了，反正挺远的。那个小女孩跟你一样，也没有妈妈。"

"她的妈妈也去世了吗？"普雷舍丝问。

姑姑耸耸肩："那我就不知道了，只知道她很小的时候，就被那户人家收养了，她管收养她的夫妇叫叔叔、婶婶。那对夫妇很善良，对她很好。"

姑姑不再说南希的事，她转换了话题，说起了晚饭的事情——有人给了她一大袋葡萄干，正好可以用来做蛋糕。

普雷舍丝很开心，她最喜欢吃蛋糕了，而姑姑做的蛋糕又无疑是她吃过的最美味的。右边照片上的这个蛋糕就是姑姑做的，是不是好像只要用指甲轻轻刮一下照片，就能闻到蛋糕的香味呢？当然，照片是不会发出香味的，但是你可以想象一下，你能"闻"到照片中的蛋糕散发出的香味吗？我可以哦，真的好香啊！

那晚临睡时，普雷舍丝的脑海里总是浮现出南希的身影。交到好朋友自然是件值得高兴的事，因

为朋友能温暖我们的内心。当然，我们也会对朋友
的故事感到好奇。不知道为什么，一想到南希，普
雷舍丝总有种隐隐的担心。她觉得南希藏着心事，

好像有什么秘密一样。可是，她会有什么秘密呢？

"嗯，应该很快就会知道……"她边想边进入
了梦乡。没错，确实很快，第二天她就知道了。

第 二 章

　　　　　根管道的破裂让这个故事有了进展。第二

天早上，孩子们正坐在教室里，认真地做着老师布

置的作业，作业是写一封信给自己心中的某个人，

或者某一位名人。老师用漂亮的板书在黑板上写了

一封样信，教给孩子们说：

　　"信的开头要写'尊敬的某某'，或者'亲爱

的某某'，这里的'某某'是我们对收信人的称呼，

然后再写自己想说的话，记得要有礼貌。落款要写'真

亲爱的××

真诚的××

诚的某某'，这里的'某某'就是你自己。"

　　前排的一个男孩举起了手。"为什么要写'真诚的'？"他问。

　　"为了表达自己的诚意，"老师说，"也是表达对对方的尊重，明白了吗？还有其他问题吗？"

没有人再说话了，大家都想赶紧动笔。"收信人可以是陌生人，"老师说，"这次作业我们只是练习写信，写出来的信也不需要寄出去。"

普雷舍丝决定写信给博茨瓦纳总统，也就是她自己国家的总统。

"尊敬的总统先生……"写完这一句，她就停了下来，坐在那里冥思苦想：要是真能跟总统说话，该说些什么呢？是啊，这是个问题。要是真有机会跟总统那样的大人物说话，说些什么好呢？

想了一会儿，她提笔写下这样几句话："我看到很多人喜欢往地上扔垃圾，我想问问，您有什么方法改善这种情况吗？可以告诉我吗？

真诚的普雷舍丝·兰莫特思威。"

　　她转头看了看南希的信。南希把信写给电视台台长，在信中，她自告奋勇要去电视台播报新闻。"你们不需要付给我工资，"她写道，"我愿意无偿做这份工作。我很擅长朗诵，不信的话你们可以问我的

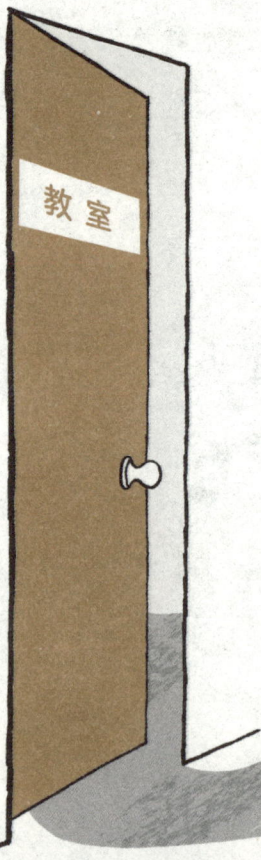

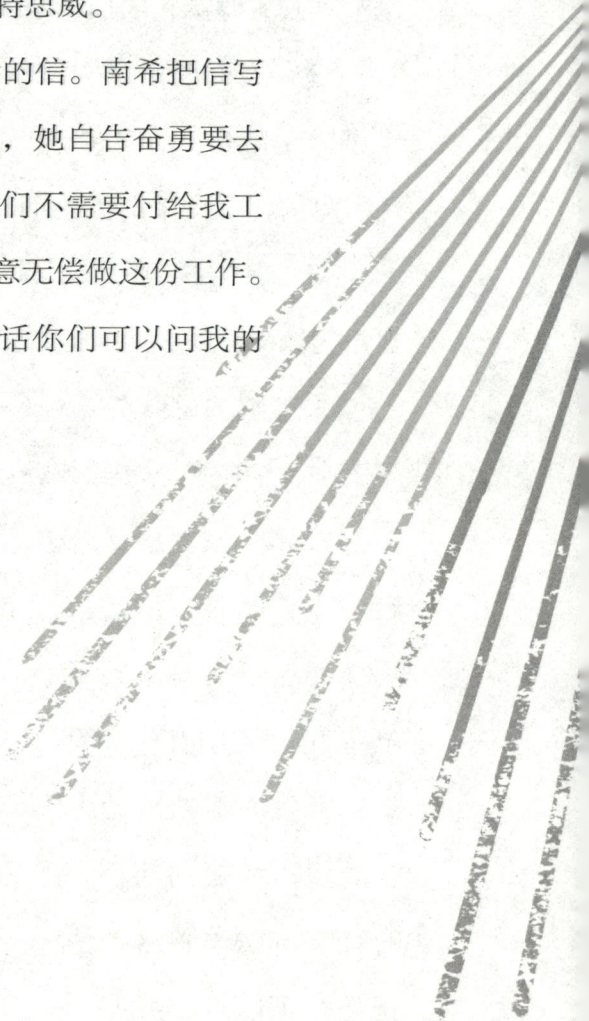

教室

老师。"

　　普雷舍丝不禁憧憬起来：在电视上看见自己的朋友会是什么感觉呢？会不会觉得奇怪呢？可能开始会有一点，不过，时间久了应该就习惯了吧。

　　就在她想得入神的时候，教室外面的水管裂开了。这根水管可是整个学校的主供水管道，地面很快就湿了一大片，不一会儿，水就流进了教室。

　　学校的修理工开始全力抢修，但这项任务实在太艰巨了，他心有余而力不足。没多久，教室里的水就快漫到脚踝了，大家不得不抬起脚来。这个姿势太累了，同学们叫苦不迭。校长只好宣布："同学们回家吧，今天提前放学！"

　　孩子们一听，立刻兴高采烈起来。"放学喽！"
普雷舍丝叫道。她喜欢上学，但意外获得的大半天
假期，也让她很惊喜。

　　"去我家吧，"南希说，"不远的。"

　　"好呀！"普雷舍丝很开心。两个好朋友肩并
肩朝着水塔那边走去。

　　"你们家有什么好玩的东西吗？"走出校门的

时候，普雷舍丝问。

　　南希想了想，说："我想给你看一样东西。"

　　"什么东西？"普雷舍丝问。

　　南希笑了笑——只有在一个人不想多透露信息的时候才会这样笑。"一会儿你就知道啦！"她说。

　　"给点提示呗！"普雷舍丝追问道，"一个小小的提示就好，然后我来猜。"

"斑马。"南希说。

普雷舍丝一下子呆住了。她知道有的人会养些与众不同的宠物，但从来没听说过有人养斑马。

"你竟然养了一匹斑马！"她喊道。

南希笑了起来："别问了，一会儿你就知道啦！"

一路上，普雷舍丝都在想：养斑马的话，该喂它吃什么呢？斑马跟普通的马一样爱吃草吗？还是有专门喂给斑马吃的"条纹食物"？马和驴子有时

是会咬人的，那斑马咬人吗？它们会因为身上有条纹就温顺些吗？如果斑马跑进了灌木丛，它们身上黑一道白一道的，灌木丛明一块暗一块的，还能把它们分辨出来吗？该怎样把它们找出来呢？

到家后，南希把普雷舍丝介绍给叔叔、婶婶。普雷舍丝一看他们的眼睛，就知道他们心地善良——眼睛是心灵的窗户嘛。

"给我们介绍一下你自己吧，"婶婶笑着说，"当然，如果你不想介绍的话，也没关系。"

普雷舍丝笑了，她非常乐意介绍自己。她跟叔叔婶婶说起了自己和爸爸的生活，以及姑姑的故事，还讲了学校里的一些趣事。

天气很热，她们走了一路都有点口渴，婶婶就泡了一壶柠檬水，普雷舍丝喝了一口，真是沁人心脾！当然，普雷舍丝最期待的，还是南希要给她看的"惊喜"。

"快别吊我的胃口啦！"她恳求道。

南希笑了。"那好吧，"她说，"到我的房间来，我拿给你看。"

第三章

她们来到南希的房间。房间的窗户很小，里面黑漆漆的。

"你有没有那种对你来说很特别、很重要的东西？"南希问。

普雷舍丝想了想。她有一条裙子，是她的另一个姑姑给她的传家宝。那条裙子很别致，裙边缝了几排珠子。她一直好好地收藏着这条裙子，想等自己长大了再穿。她还有一架相机，是去年她过生日

时收到的一件礼物，可惜现在坏掉了，即便如此，
她也好好保管着，说不定哪天会请人把它修好。

"我有一条很漂亮的裙子，"普雷舍丝回答说，
"还有一架不太好用的相机。"

南希点了点头，然后走到床边，打开一个小柜
子的门，小心翼翼地取出一块叠着的手绢，打开手绢，
说："这是我最珍贵的东西，它们对我来说非常重要。"

在摊开的手绢上，有一条项链和一张照片。普
雷舍丝凑过去仔细看起来。

这是一条很漂亮的项链，是用珠子、一段一段
的豪猪刺和斑马形象的小挂件做成的。斑马小挂件

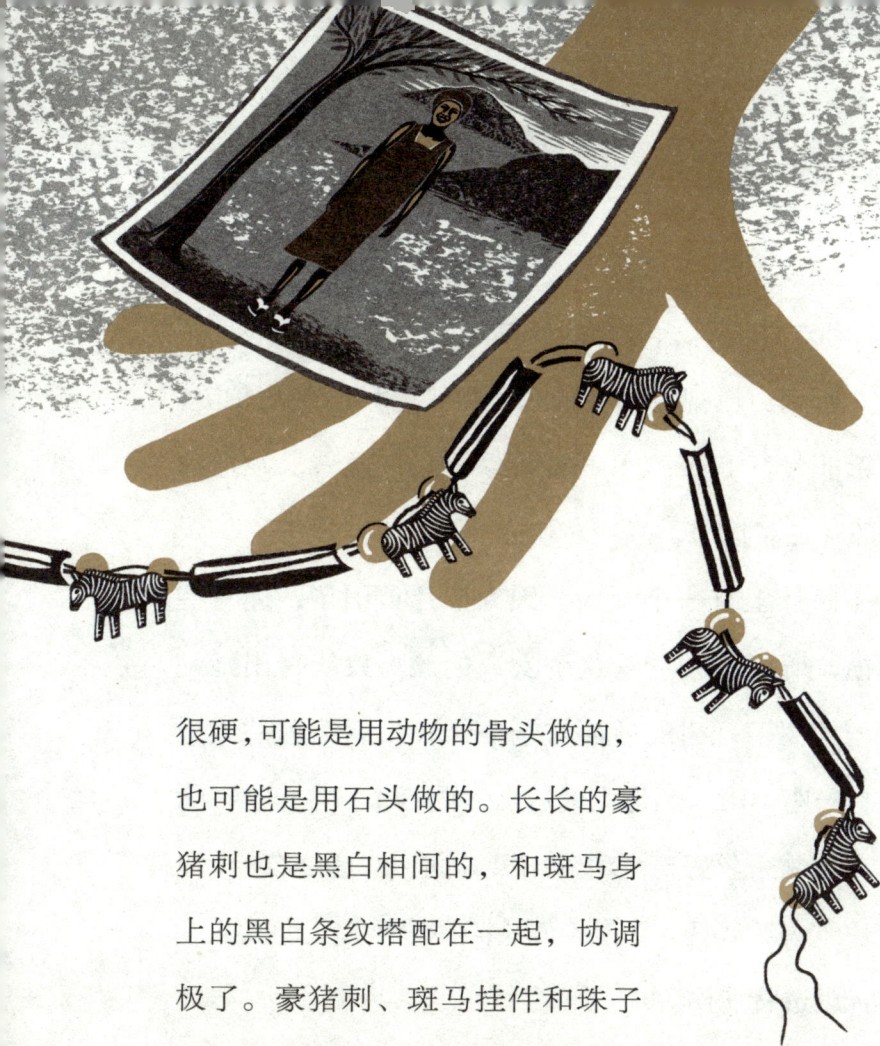

很硬，可能是用动物的骨头做的，
也可能是用石头做的。长长的豪
猪刺也是黑白相间的，和斑马身
上的黑白条纹搭配在一起，协调
极了。豪猪刺、斑马挂件和珠子
交错着串在一条拧好的黑绳上，
简直精美绝伦——这真是普雷舍丝见过的最漂亮的
项链了。

　　"喜欢吗？"南希问。

普雷舍丝点点头。"太漂亮了！"她说，"你真幸运，能有这么漂亮的项链。"

听到自己视为珍宝的东西得到了好朋友的赞美，南希非常开心。"你再看看这个。"说着，她把那张照片递了过来。

照片上有一个女人。因为照片很旧了，还有些磨损，所以很难看清这个女人的脸。只能看出她站在一棵树下，树的后面有一座山，山后很远的地方还有一座小山。照片上就这么多内容了。

普雷舍丝好奇地看着南希，问："这是谁？"

"是我妈妈。"南希低头凝视着照片上的女人，声音里透着悲伤。

普雷舍丝什么也没有说，她很理解南希此刻的心情。

南希叹了口气。"这就是我拥有的和她相关的所有东西了，"她说，"我很小的时候就和她分开了，

连她的名字都不知道。叔叔婶婶说，他们收养我的时候，我身边有一个小包，包里就是这条项链和这张照片。他们觉得这可能是我妈妈的东西，我也这样认为。"

普雷舍丝摸了摸项链，斑马小挂件光滑而冰凉。

她又看了看照片，突然，一个念头在她的脑海中闪现。

"我可以借用一下这张照片吗？"她问。

南希迟疑了一下："你能保证不把它弄丢吗？"

"我保证。"普雷舍丝说。

"你借它做什么呢？"南希边问边把照片递给她。

普雷舍丝的回答让她大吃一惊。

"我想看看能不能帮你找到妈妈，"普雷舍丝说，"我想我可能有一点做侦探的天赋，也喜欢破案，所以我想试试看。"

南希的脸上绽放出笑容。"真的吗？"她问，"你

能找到我妈妈吗？"

　　普雷舍丝意识到，自己不应该让南希抱有过高的期望。"我没法保证一定可以找到，"她说，"但我愿意试试，我会尽力的。"

　　南希把照片塞到她手里。"赶紧拿去吧，"她说，"一定要试试！"

　　回家后，普雷舍丝把照片拿给爸爸看，并告诉他南希的身世。"南希被叔叔婶婶收养的时候，身边只有这张照片和那条项链。"普雷舍丝说。爸爸静静地听完，又仔细看了看那张照片。

　　"有点意思，"他说，"这事有点意思。"

　　普雷舍丝屏住呼吸。"你认识照片上这个阿姨吗？"她试探着问道，觉得万一……是啊，万一爸爸见过照片里的这个人呢！

　　爸爸摇了摇头："不认识。"

　　普雷舍丝露出失望的表情，但爸爸接下来的话，

又让她来了精神。

　　"虽然我不认识这个人，不过，我知道这张照片是在哪里拍的。"爸爸说。普雷舍丝瞪大眼睛，等着爸爸继续说下去。

　　"这是沙漠边上的一个小村子，"爸爸说，"我见过这些山，它们的形状很特别，所以一下子就能认出来。我有个表弟，也就是你的表叔就住在那边，我小时候还去过那儿。"

　　普雷舍丝兴奋极了，眼睛睁得老大，连声音都跟着颤抖起来："我的这位表叔，现在还住在那里吗？"

　　爸爸微笑起来，"是啊，"他说，"还在。他在那里有个农场，上次你表婶把牛赶到下游来时，我们还见了面呢。"

　　普雷舍丝央求爸爸多讲点那个村子的事情。"那儿很偏僻，"爸爸说，"离哪儿都很远，也没有什么人到那里去。"

普雷舍丝沉默了。她低头想了一会儿，还好，爸爸说的是"没有什么人到那里去"，没说"没有一个人到那里去"。

"您知道都是谁会去那里吗？"她问。

爸爸挠了挠头，想了想，说："嗯，我知道一个护士经常去那边的诊所帮忙。只不过去那边的路又窄又颠簸，她一般是先开车，再走过去。"

普雷舍丝又兴奋起来了。"我和南希可以跟这位护士阿姨一起过去看看吗？"她顿了顿，又说，"我们会很小心的。"

爸爸有点迟疑："不太行吧，宝贝，那边很远的，又很荒凉……"

"我们会很小心的，"普雷舍丝说，"我保证，我们一定安全回来！"

爸爸了解普雷舍丝，她是个说话很负责任的孩子，如果她说自己会小心，那她就一定会非常小心。

　　"好吧，"他说，"我同意你们去，不过，也
要南希的家人同意才行。"

　　"好的！"普雷舍丝激动地说。

　　那天晚上，普雷舍丝躺在床上，久久不能入睡，
过了很长时间，她才进入梦乡。她做了好多梦，梦到
自己和南希一起穿过灌木丛，还梦见两个人遇到了重
重危险……这一夜她睡得很不安稳，最后，她醒了过

来。醒来之后，她不记得那些具体的梦境了，但梦中面临危险时的恐惧，又让她感到那么真切。

普雷舍丝是博茨瓦纳最勇敢的女孩，她可不会因为做了个噩梦就放弃自己要做的事。她找到南希，把计划告诉了她。南希兴奋极了，立刻拉着她去见叔叔婶婶。叔叔婶婶认识那位护士阿姨，知道她为人谨慎，非常靠得住，因此同意了两个女孩的请求。婶婶连忙给她们准备吃的：三明治、蛋糕、两罐橙汁，还有四个苹果。

普雷舍丝也收拾好行李，兴冲冲地和南希上路了。普雷舍丝觉得，在她过去九年的人生中，还没有这么带劲地做过一件事。

爸爸把她们送到一个十字路口，还是有点不放心，再三叮嘱："到了那里，你们一定要直接去表叔家，他会在家等你们。"

"好的爸爸！"普雷舍丝说，"我们会小心的，别担心了，没问题的！"

护士阿姨的车来了，爸爸看着孩子们上车坐好，目送她们离开。他一直挥着手，直到汽车消失在一片尘土里。

"一定要小心啊！"爸爸喊道。可是，风吞没了他的声音，谁也没听到这句话。

第四章

汽车在崎岖的路上颠簸着，普雷舍丝和南希都在车上睡着了。大约四个小时后，汽车来到了一条很窄的小路上，越向前开，路越狭窄。

"我们把车停在那棵树下吧。"护士阿姨说。

她们把带来的东西从车里拿出来，三个人就开始沿着小路往小村子走去。

小路刚刚被大雨冲刷过，路边的草木十分茂盛，很多矮矮的灌木和高高的芦苇都长到了路上，几乎让人无法落脚。显然，这条路平时没有什么人走。

　　她们走得非常慢，过了半个多小时，南希突然发出一声惨叫。普雷舍丝走在最后，听到声音，她立刻快走几步赶上来看个究竟。

　　"一根好大的刺，"南希哀号道，"扎进我脚里了。"

　　普雷舍丝弯下腰去查看。果然，南希的脚上扎了一根大刺，刺的杆儿已经断了，刺尖扎进了南希

的右脚。

　　"你扶着我，我帮你把刺拔出来。"普雷舍丝说，"闭上眼睛，想想冰激凌之类的好吃的。"

　　"什么口味的冰激凌呢？"南希啜泣着说。

　　没顾上回答她的问题，普雷舍丝猛地一下把刺拔了出来："好了，没事了。"

南希松了一口气，不过她觉得有点累了，想休息一会儿再走。护士阿姨一直在最前面带路，她小心地低头盯着路面往前走，一点也不知道刚才发生的这个小插曲，这会儿，她走得连影子也看不到了。

"我们先休息几分钟，等你的脚不疼了再走，"普雷舍丝说，"我们会追上她的。"

两个女孩就地坐下，四周各种声响此起彼伏——蟋蟀尖锐刺耳的叫声、鸟儿各不相同却都有些孤独的呼唤声，还有树叶间微风的叹息声……这一切都是非洲丛林的声音。

休息了一会儿，普雷舍丝觉得该继续赶路了，她担心护士阿姨回头看不到她们会着急。

"我们赶紧走吧，"普雷舍丝说，"你能稍微加快点速度吗？"

南希答应了，她俩加快了脚步。不得不说，这恐怕是个错误的决定，因为在丛林里，你走得越快，

就越容易迷路。

果然，普雷舍丝不知道她们是从哪里开始走错路的，或许是休息完起身后就走错了，或许是后来不该沿着那条干涸的河床走，又或许她们不该踉跄着走进这片茂密的树林……在这草木繁茂的非洲丛林里，迷路的方式可能有一百种。现在，她们完全不知道该怎么走了。

怎么办？普雷舍丝低头看了看地面。她记得爸爸说过，根据路上留下的脚印，可以判断之前谁走过这里。然而，这条路上根本没有人的脚印，走过

这里的有大疣猪、小疣猪，一小群羚羊，可能还有一两只狒狒。普雷舍丝皱起了眉头。

南希感到不对劲了："我们是不是迷路了？"

普雷舍丝抬头看了看天空，她想通过观察太阳的位置来判断方位，可是，在这个完全陌生的谜一样的地方，很难据此辨别方向。

"我们可能迷路了，不过我还不太确定。要不我们喊一下护士阿姨吧，说不定她就在前面不远的地方。"普雷舍丝非常谨慎地回答着，她可不想让朋友惊慌失措。

　　"阿姨——"她们高声呼喊起来，但是，她们很快就发现，在这茂密的丛林里，声音根本传不远。她们提高了嗓门，喊得更加大声，甚至还吹起了口哨。然而，回应她们的只有一片寂静。

　　"情况不妙，"普雷舍丝说，"她好像听不到。"

　　"那我们该怎么办？"南希的声音都颤抖了。

　　普雷舍丝努力回忆着爸爸告诉她的，在丛林里迷路时该怎么办。想起来了，爸爸说过，迷路的时候，要沿着自己的脚印往回走，不能继续往前走。

　　"我们看看能不能返回去。"她说。

　　"可是我都不记得我们来的时候走的是哪条路

了。"南希说，"就算我们能回到汽车那里，又能怎样呢？那里也没有人了。"她停顿了一下，又问："你会开车吗？"

普雷舍丝摇摇头："不会。就算会开车也没有用呀，要有车钥匙才能把车发动起来，护士阿姨把钥匙带走了。"

她们呆呆地站着，茫然无措地向四周看去。现在大概是下午三点钟，再过几个小时，天就黑了。她们可不想在黑漆漆的非洲丛林里过夜，夜晚的丛林太可怕了，说不定还会遇到狮子或者豹子——豹子最喜欢在黑夜捕猎了。要是真遇到了……啊，最好还是不要想下去了。

普雷舍丝做出了决定。"我们试着找找自己的脚印吧，"她说，"先往回走，走回去，就能发现护士阿姨的脚印了，然后我们再沿着她的脚印走到村子里。"

她们开始原路返回，可是这里的地面又干又硬，脚印没有那么明显。她们走得很慢很慢，大约半个小时后，她们停了下来。

　　"我看不清脚印了，"普雷舍丝说，"你还能看清吗，南希？"

　　南希使劲盯着路面，想发现点什么，可是，什么都没有。她难过地摇了摇头："我觉得我们不光没找到回去的路，好像还绕得更远了。"

　　她们呆呆地站着，拼命想弄清自己到底在哪里，却丝毫没有头绪。就在这时，普雷舍丝好像听到了什么。她轻轻碰了碰南希的胳膊，然后向前探身，在南希耳边低声说："你听，这是什么声音？"

两个女孩竖起耳朵。她们听到鸟儿一边高声啼叫着，一边拍打着翅膀飞上树梢；她们听到微风吹过芦苇丛发出的一阵阵沙沙声；她们还听到蚂蚁爬过小沙粒时窸窸窣窣的声音……但是，还有一种对她们来说完全陌生的声音。

"那边！"普雷舍丝说，"你听到没？"

南希点点头。太不可思议了！那声音又响了起来——有人在唱歌！

第 五 章

歌声又一次传来了，似乎比刚才更近了。

"有人过来了。"南希小声说。

普雷舍丝把一根手指放在唇边，做了个"嘘"的动作。听得出来，那声音是从不远处的灌木丛里传出来的。她瞪大眼睛，警惕地盯着那边的灌木丛。突然，她看到了！是的，那边有个人！有一个男孩从树荫里走了出来！

这个男孩个子不高，手里拿着一张小弓，肩膀

上搭着一个动物皮毛做成的棕色小包。他唱着歌朝

这边走过来，不过他完全没注意到两个女孩的存在。

　　普雷舍丝一边迎面向他走去，一边用茨瓦纳语[*]

跟他打招呼。在博茨瓦纳，有很多人说茨瓦纳语，

---

*博茨瓦纳的官方语言为英语，通用语言为英语和茨瓦纳语。

如果遇到不认识的人，用茨瓦纳语打招呼对方通常
会听懂。

男孩停下脚步，他没有理会普雷舍丝，而是猛
地蹲了下来，迅速从腰间挂着的箭袋里抽出一支箭，
搭在弓上，对准了她们。

普雷舍丝赶忙举起一只手，对他说道："别害怕！
这里只有我和我朋友两个人，我们迷路了。"

男孩使劲瞪着她们，过了一小会儿，他可能意
识到两个女孩没有恶意，便放下弓箭，挺直身体，
慢慢地向她们走来。

"这附近有个村子，你知道去那里的路吗？"
普雷舍丝问道。

男孩看着她，皱起了眉头。

"你知道这附近哪里有村子吗？"普雷舍丝继
续问。

南希盯着男孩，有点明白了，她对普雷舍丝说：

"他听不懂茨瓦纳语。"

男孩开口说话了，说着一种在她们听来很奇怪的语言，听上去像吹口哨，又像鸟儿叫。

普雷舍丝明白了，这个男孩是"桑人"。桑族是长久以来居住在卡拉哈里沙漠及其周边地区的一个部落，擅长打猎，对这片迷宫一样的非洲丛林了如指掌。只是面前的这个男孩，既不认识她们，也听不懂她们说话，该怎么和他沟通呢？

有了！普雷舍丝轻轻拍了拍男孩的肩膀，又指了指地面，然后蹲下来，在沙子上画起了画。她画了一个村庄：有房子、小路，还有养牛的围栏，又在房子周围画了一些人。

男孩看得非常认真，他指着画，叽里呱啦地说起话来。两个女孩又被弄糊涂了，她们谁也听不懂他到底在说什么，他的语言起不到任何作用。

忽然，男孩朝着一个方向拼命比画。

"村子一定是在那边，"南希说，"他在给我们指路！"

男孩站直身体，又指了指。他看着普雷舍丝，似乎不明白她为什么听不懂自己说话。最后，他迈开脚步，又做了个手势让她们跟着他走。

她们重新踏上了徒步旅程。太阳渐渐落入了地平线，余晖把天空染成了深红色，云彩好像在燃烧。很快，漫天的红色变成了深蓝色，上面点缀着千万颗繁星，散发出银色的光芒。

普雷舍丝不敢分心，她一边紧跟男孩的脚步，一边时刻关注着南希有没有跟上——她可不想再迷路，也不想再在这里逗留——这前不着村、后不着店

的鬼地方，偏僻又危险，什么生物在这里落单都会倒霉的。

走了几个小时，男孩停下脚步，举起手来，指了指前面，又做手势让两个女孩在他身后蹲下来。

"怎么了？"南希小声问，她的声音颤抖着，充满了恐惧。

"不知道啊，"普雷舍丝说，"他是不是看到了什么？"

四周漆黑一片，寂静无声，普雷舍丝只能听到自己的心脏在怦怦跳动。但是，她很快又听到了其他声音——灌木丛里好像有什么东西在动，似乎在前行，又似乎在互相碰撞。

一定是什么大型动物！因为大部分小动物都很灵巧，走路静悄悄的，只有大象、水牛或者犀牛之类笨重的大型动物，在穿过灌木丛的时候，才会发出沉重的脚步声，而且往往不是碰到这里，就是撞到那里！

普雷舍丝试图在黑暗中辨认出那到底是什么动物，但是天上没有月亮，她只能依稀看到树的轮廓，至于灌木丛里有什么就完全看不清了。直到这个"大家伙"逐渐靠近，她才反应过来，这是一头大象！啊，不；大家伙旁边还有一个大家伙——这里有两头大象！

普雷舍丝知道，他们现在的处境非常危险，因为大象最讨厌有人靠近它们了。它们一旦发现周围有人，就会毫不犹豫地冲过去。大象要是向你冲过来，那你只能祈祷它突然改变主意不屑于攻击你了；但凡它决定冲锋到底，你就必死无疑了！

男孩抓住普雷舍丝的手，把她和南希带到一边。他们小心翼翼、蹑手蹑脚地往前走，默默祈祷着大象不要注意到他们。就在马上要成功的时候，南希不小心踩到了一根树枝，只听见"啪"的一声，树枝折断了，在这寂静的丛林里，这声音大得像一声枪响。

只听见大象一阵躁动，然后发出一声嚎叫——它们发怒了！这时，男孩抓住普雷舍丝的胳膊，把她拽到了身后，南希也紧紧地拉住普雷舍丝的手，三个人飞快地跑过一片芦苇丛，远离了大象。

谢天谢地，大象没有追过来！可能它们觉得只有一声响，不足以构成威胁，所以嚎叫完，就继续吃草了。他们躲过了一劫！

三个孩子继续赶路，但一天下来，普雷舍丝和南希已经筋疲力尽，渐渐跟不上男孩了。男孩好像也察觉到了她们的疲惫，于是停下来，从箭袋里掏出一把刀，蹲下来从地上挖出一棵野生植物的根，切成几段，递给她们，然后做手势示意她们吃。

这棵植物的根汁液很多，非常解渴。休息了一会儿后，她俩的体力恢复了一些，可以重新上路了。

夜越来越深。终于，他们看到了远处村子里的灯光！

"我们胜利了！"普雷舍丝欢呼起来。

"真的呢！"南希说，"多亏了咱们的新朋友！"

这会儿，村里的人都还没睡。原来，护士阿姨发现和两个女孩走散后，只得先赶忙来到村子里，请求村民帮忙。村民立刻组成了搜寻队去找两个女孩，但找了很久也没有找到，只好返回村子。没想到，

他们刚刚回来，就发现两个女孩已经到了，大家顿时放下心来。

表叔更是长长地舒了一口气。

"可把我吓坏了，"他说，"夜里的丛林多危险啊！"

度过了紧张又疲惫的一天，普雷舍丝实在累坏了，她强睁着眼睛，说："是啊，终于走到了，多亏了这位……"

她转身想介绍一下自己的新朋友。可是，他人呢？

"是一个男孩带我们过来的。他怎么不见了？"

表叔点点头："我看到他了，那是个桑族男孩，桑人对丛林非常熟悉。"

"我们还没来得及谢谢他呢！"普雷舍丝说，"多亏他了，要不是他，真不知道我们能不能找到这里！"

"别担心，"表叔宽慰她说，"他肯定能感受到你们对他的感激。"

这时，她们看到了护士阿姨，就赶紧过去打招呼。

阿姨发现她们不见了后，急得像热锅上的蚂蚁，这

几个小时里，她焦灼不堪。现在，看到她们毫发无伤，

她激动地流出了眼泪。

然后，两个女孩跟着表叔、表婶回家睡觉了。

表叔给她们收拾好了一个小房间，里面有两张舒服

的睡垫和吃的东西。两个女孩实在太困了，什么也吃不下，往睡垫上一倒，就睡着了。

那天晚上，普雷舍丝做了很多梦。她先梦到了爸爸，看见爸爸微笑着对她说："宝贝，可千万要当心啊！"她又梦到了那个带着弓箭的小男孩，梦到了奇怪的鸟，还梦到了大象。一头大象还跟她说起了话，但是她听不懂，所以她就向大象挥了挥手，大象扬起鼻子回应她，然后变成一个影子消失了……

第六章

　　第二天早上，她们和表叔一家吃了一顿丰盛的早餐。表叔家有三个孩子，有一个和她们年龄相仿。能认识同龄的亲戚，普雷舍丝非常兴奋。早餐过后，大家坐在屋前，享受着清晨和煦的阳光，听南希讲斑马项链和照片的故事。

　　南希讲完，表婶叹了口气。"真是个让人伤心的故事，"她说，"能给我看看你的东西吗？"

　　南希把照片和斑马项链递过去。

　　"我听爸爸说，照片上的山就在这附近，"普雷舍丝说，"这是真的吗，表婶？"

　　表婶仔细端详照片。"是的，"她抬起头看着普雷舍丝说，"这就是我们这边的山，离这里也就

74

三四公里远吧。"

　　普雷舍丝用胳膊肘轻轻碰了碰南希："看，我们来对地方了。"

　　紧接着，她又问了表姊一个关键的问题："那

您认识照片上这个阿姨吗？"

表婶摇摇头，把照片递给表叔。表叔仔细看了看照片，也摇了摇头。两个女孩的心顿时沉了下去。

普雷舍丝指着项链说："这条项链应该也是照片上这位阿姨的。"表婶把项链拿在手中，轻轻抚摸着上面的珠子和斑马。"斑马……"她念叨着，"斑马真是一种漂亮的动物。"

"您见过这条项链吗？"普雷舍丝又问。表婶

76

又摇摇头："这条项链我没见过，不过我知道谁会做这种项链。"

一听这话，两个女孩来了精神，普雷舍丝这位刚刚崭露头角的小侦探更是顿时劲头十足："谁？请问是谁做的？"

"一位住在村子边上的老奶奶，"表婶说，"她现在上岁数了，不再做这种项链了，但是我肯定这条项链是她做的。"

普雷舍丝转头看向南希，南希已经激动得说不

出话来了。"也许这个奶奶会认识你妈妈呢！"普雷舍丝说。

"我可以带你们去找她，"表婶说，"我跟她很熟，她家平时没什么客人，见到你们她一定会很高兴的。"

于是，两个女孩就跟着表婶来到那位老奶奶家。看到她们走过来，老奶奶早早地挥起了手。她张开掉光了牙齿的嘴巴，露出了灿烂的笑容，热情地给她们打招呼。

"欢迎你们，两个小姑娘！"她说，"跟我说说，你们从哪儿来啊？"

两个女孩告诉老奶奶她们来自莫丘迪村，还在上小学。奶奶一边听，一边点头，"嗯，莫丘迪村，听起来是个很美的地方，"她说，"我这辈子也没出过远门，要是有机会出去走走，我一定要去莫丘迪村看看。"

　　表婶接过话题，她指了指南希，说："这个小
姑娘有一条项链想给您看看。"

　　表婶冲着南希做了个手势，南希赶紧从口袋里
拿出斑马项链递给老奶奶。普雷舍丝发现，老奶奶
接过项链时，眼前立刻一亮，眼睛里闪烁着喜悦的

光芒。"我认识这条项链!"老奶奶激动地大声说,
"这是我做过的最好的一条项链,当年,我花了好
长时间才做好的。"

"那您还记得您把这条项链给谁了吗?"普雷
舍丝连忙问。

她紧张地盯着老奶奶的嘴唇,生怕她会说不记
得了。还好,她没有说不记得。但是,老奶奶说出
的话让所有人都大吃一惊。

"我当然记得,我没有卖掉这条项链,因为我
女儿很喜欢它,所以我就把这条项链送给了她。"

普雷舍丝赶紧看向南希,南希激动得嘴唇都抖
了起来。普雷舍丝握住南希的手,然后转过身对老
奶奶说:"那您觉得,您女儿会把这条项链送人吗?"

"怎么可能!"听到这话,老奶奶也很激动,"不
会的,她肯定会好好收藏的。"

"那她现在在哪里?她为什么没有留着这条项

链呢？"普雷舍丝迫切地问道，她觉得自己有特别
多的问题要问。

　　愁云笼罩了老奶奶的面容。"后来发生的事情
可不怎么愉快。她离开了家，去了很远的地方，然
后结了婚，生了一个女儿，名叫南希。我从来没见
过这个孩子。再后来，就发生了一件可怕的事情……"

　　南希呆若木鸡，怔怔地看着地面。她也不知道自己想不想听这件"可怕的事情"。但是老奶奶并没有停下来："有人指控她和她丈夫偷了牛，于是他们被迫去坐了四年牢，那个孩子也只能让别人收养。他们出狱后，去找过那户人家，可惜那家人已经搬走了，谁也不知道他们搬去了哪里。我知道他们为什么没有继续找那个孩子，因为他们感到羞愧。你明白吗？他们觉得自己坐过牢，所以没脸见人。在知道收养孩子的那户人家心地善良后，他们可能觉得，也许孩子跟着那家人生活会更好。当然，他们坚称自己没有偷过牛，是清白的，是被冤枉的。我相信他们，他们不会的，他们不是会偷东西的人。"老奶奶看上去很难过，她停顿了一下，又说："我说过了，这不是什么愉快的事情……"

　　"您知道那个女孩现在在哪儿吗？"普雷舍丝问。

　　"不知道。"老奶奶回答说。

"我知道她在哪儿。"南希说。

普雷舍丝沉默了。对于这个故事的进展，她有过很多种设想，但现在这种情形，她从未想到过。南希找到了她一直都在寻找的真相，但是，她自己曾料到事情是这样的吗？普雷舍丝用探寻的目光看着南希，想知道她会说些什么。

"我就是那个女孩。"南希的声音不大，但是说得非常清楚。

老奶奶眨了眨眼，抬头看了看天，似乎在努力

地想该说些什么，又似乎她想说的话只能在天上找到。

"你就是那个女孩……"老奶奶像是在对南希说话，又似乎在喃喃自语，"你就是那个女孩……"

"是的。"南希说，"那条项链是我妈妈的，我叫……"

"南希！"老奶奶说道。

"对，我就是南希！"

老奶奶摇摇晃晃地站了起来，紧紧地把南希搂进怀里。"你是我的外孙女，"她喃喃道，"我的外孙女来找我了！"

这时，老奶奶失声痛哭起来，她的哭声里充满了喜悦。南希也哭了，她跟她的外祖母一样，流下了喜悦的泪水。这叫喜极而泣——眼泪不光可以表达悲伤，也可以表达喜悦与幸福……

斑马项链的故事还没有结束。虽然南希找到了外祖母，但寻找爸爸妈妈的旅程还要继续。第二天，护士阿姨要回家了，所以她们两个也必须先跟阿姨回去。在回去的路上，她俩紧紧跟着阿姨——她们可不想再迷路了。

她们从老奶奶那里得知了南希父母的住址——一个离莫丘迪村不远的地方。回到家后，普雷舍丝便央求爸爸带她们去。南希也把事情的来龙去脉告诉了叔叔婶婶。

"这里永远是你的家，"叔叔婶婶说，"我们理解，对你来说，和父母在一起很重要，我们很为你高兴。不管你是想留在这里，还是想回到亲生父母身边，我们都会支持你的。"

爸爸开卡车送她们过去。去那里的路很好走，一点都不颠簸，半个小时就到了。普雷舍丝跟南希说："快去敲门吧，我和爸爸在车里等你。"

南希显得很犹豫。"你们可以陪我一起去吗？"

她对普雷舍丝说，"我
很紧张。没有你，我
肯定找不到他们，我
现在很需要你再支持
我一次。"

因此那天早上，
站在外面敲门的有三
个人。"咚，咚，咚！"普雷舍丝知道，敲响这扇
门是南希一生中做过的最重要的事。

一个女人打开了门，紧接着，她身后出现了一
个男人，两个人都慈眉善目的。见到来客，他们都
很惊讶，显然，他们并不知道面前站着的是什么人。

南希张了张嘴，想说什么，但又好像不知道该
说什么。然后她闭上嘴巴，把手伸进随身带的小包里，
拿出那条项链，递到那个女人面前。

女人愣住了，她盯着项链看了好久，然后慢慢

抬起双眼，把目光落在南希身上。她什么都明白了。

　　博茨瓦纳有一个古老的传统，当你感到特别特别快乐，比普通的快乐要快乐上几千、几万倍的时候，就要发出"呜——呜——呜——"的声音来表达这种快乐。你可以学一下，像这样："呜——呜——呜——！"

女人在门口发出了这样的声音，然后，她向前迈了一大步，把南希紧紧地抱在了怀里。她抱得好紧好紧，普雷舍丝感到这个拥抱传达出的爱，覆盖了一切，包容了一切。

南希终于找到了梦寐以求的爸爸妈妈，幸福来得如此迅猛，她都觉得不像真的。爸爸妈妈终于跟女儿团聚了，也开心得不得了。从那天起，她就和爸爸妈妈住在一起了，当然，她也会在周末或者假期去看望多年来照顾她的叔叔婶婶。"我真幸运，"她说，"我是一个有着两个爸爸、两个妈妈的孩子。"

普雷舍丝也打心眼儿里高兴，她觉得，这是她侦破过的最棒的案件了，即便后来她长大了，成了博茨瓦纳最优秀的私家侦探，侦破过各种各样的案件，她也始终这样认为。斑马项链的故事带给她的美好感受深深地留在她的心底。

还要告诉你们一件事：南希一家为了感谢普雷

舍丝，送给了她一份特别的礼物。你能猜到是什么吗？对，是一条斑马项链！那是南希的外祖母特地为普雷舍丝制作的，非常非常精美——所有用爱制作的礼物都是这样的吧！